KB142590

서정시학 서정시 130

비밀의 숲

김후란 시집

서정시학

김후란

1934년 서울에서 태어남. 본명 김형덕金炯德. 1953년 서울대학교 사범대학 수학. 1960년 『현대문학』으로 등단. 청미회靑眉會 동인
국제PEN클럽한국본부 한국문인협회 한국시인협회 등 고문
현재 : 대한민국예술원 회원, '문학의 집 · 서울' 이사장
시집 『장도와 장미』 『따뜻한 가족』 등 12권과 김후란시전집 『사람 사는 세상에』 시선집 『오늘을 위한 노래』 『노트북 연서』 『존재의 빛』 등
수상 : 현대문학상, 월탄문학상, 펜문학상, 님 시인상, 시협상 등
수훈 : 국민훈장 모란장 (E-mail: hurankim@hanmail.net)

서정시학 서정시 130
비밀의 숲

2014년 9월 10일 초판 1쇄 발행

지 은 이 • 김후란
펴 낸 이 • 최단아
펴 낸 곳 • 서정시학
편집교정 • 최진자
인 쇄 소 • 서정인쇄

주소 • 서울시 성북구 보문로 34길 39(동선동 1가, 백옥빌딩 6층)
전화 • 02-928-7016
팩스 • 02-922-7017
이 메 일 • poemq@dreamwiz.com
출판등록 • 209-91-66271

ISBN 978-89-98845-63-6 03810

계좌번호: 070101-04-072847(국민은행, 예금주: 최단아)

값 9,900원

아무도 나에게 말하지 않았다
아픔보다 더 깊은 게 슬픔이란 걸
세월의 이끼 같은 슬픔이 그리움이란 걸

아득히 높은 산
바위 위에 홀로 피어
한여름 분홍 꽃망울 터져
그 향기 백리길 번져간다는
이름도 서러운 백리향百里香처럼

—「슬픔에 대하여」 부분

국립중앙도서관 출판예정도서목록(CIP)

비밀의 숲: 김후란 시집/지은이: 김후란. -- 서울: 서정시학, 2014
p. ; cm. -- (서정시학 서정시 ; 130)

김후란의 본명은 "김형덕"임
ISBN 978-89-98845-63-6 03810 : 9900

한국 현대시[韓國現代詩]

811.62-KDC5
895.714-DDC21 CIP2014023706

시인의 말

근래 나는 자연과 인간에 대한 깊은 성찰과 애정으로 시를 쓰고 있다. 집착의 화두話頭는 '자연 속으로'이다. 자연은 물이요 빛이다. 생명을 살리는 태양으로부터의 빛과 숨결과 가슴 뛰게 하는 환희와 같은 그 무엇에 필연적으로 연결된 우리의 삶은 자연과의 결합에서 비롯된다.

천문학자들은 저 밤하늘에 흩뿌려진 눈부신 별들의 세계를 규명하면서 우리가 올려다보는 은하수銀河水가 2천 5백억 개의 별 무더기이며 그 엄청난 빛의 흐름이 물길처럼 보여서 은하수라고 부른다고 했다. 또 그런 은하수가 우주엔 수없이 많다고도 했다.

자연은 우주 속의 하나의 작은 행성인 지구라는 별에서 우리에게 소중한 생명을 주고 사색하는 힘과 지성과 창의의 꿈을 추구하게 하는 원천이다. 그것은 아직은 우주의 어느 별에서도 찾을 수 없는 강한 생명성이며 영성靈性이며 지구의 역사와 연결된 영원성이다.

우리는 이 위대한 자연에 안겨 살면서 풀꽃 한송이의 애틋한 어여쁨과 저 별빛 달빛에 이끌려 한없이 그리움에 젖기도 하는 성정을 소중하게 생각한다. 이런 정서적인 인간으로서의 길, 다음 세대로 이어져 가야 할 자연 사랑 정신을 가지고 나는 자연 속의 존재감이라는 무한세계에 몰입하고 있다. 결코 헤어질 수 없는 애인을 따라가듯이 이 주제를 계속 살려갈 것이다.

2014년 9월

김후란

차 례

제1부

제2부

제3부

제4부

비밀의 숲

제1부

매혹의 장미

꽃잎 보드라운 향기
보이지 않는 바람
젖은 숨결에 취하다

아련하게 겹겹 잔물결 치는
매혹의 장미

날카로운 가시보다
가슴 저릿한 꽃잎 그 빛깔에
눈 멀다

이 고요한 밤에

댓잎 떠는 소리
물 흐르는 소리

누가 불고 있는가
자연을 흔들어대는
대금大笒 소리

이 고요한 밤에
가슴 저미는
울림의 속잎

침묵의 노래

저 휘날리며 내려앉는
눈송이들
생명의 깃털
빈 나뭇가지 소복이 덮고
하얀 노래 부르네

그 많던 새들 다 어디로 갔나
사람들 발소리는 다 어디 잠겼나

온 세상 고요함 속에
침묵의 노래
멀리 멀리 울리네

깊어가는 겨울 밤

고요한 밤
눈 오는 창밖을 지켜본다
흰 눈 덮인 언덕이 보인다
빛나는 눈발이 젖은 옷자락으로
내 창문에도 매달린다

창을 열고
손으로 눈송이를 받는다

이런 날은 사슴의 발자국 따라가고픈
나는 아직도 어린 사람인가
잠들지 않고 귀 기울이는
나는 아직도 꿈꾸는 가슴인가

문득 나이를 되짚어 보는
깊어가는 겨울 밤

그리움

늦은 밤 실비 속에
산자락 적시듯
스며드는 소리

마음의 끈 놓지 않은 이에게만
들리는
먼 먼 그대의 기척

행복

강물에 별들이 쏟아지고
우리는 별을 주우며 흘러갔다
그대 속 깊은 눈빛에 가슴 벅차
이냥 함께 부서졌다

오늘 우리는 행복하다

행복한 시간

뽀얗게 젖살 오른 우리 아기
그 보드라운 감촉
달콤한 숨결

아기 안고 들여다보는 시간은
파도치는 바다도
거친 돌길도
다 사라지고 곰삭은 사랑뿐

물보라 솟구치듯
하나의 생명 보듬어 안고
그냥 행복한 시간

네잎 클로버

그렇게 찾아도 보이지 않더니
바로 내 발밑에 있네
행운의 네잎 클로버

애타게 찾던 책
책장 한구석에서 불쑥 나타나듯이

내 인생길에서 어긋났던 그대여
어디 있는가
네잎 클로버로
지금 오라

유순한 눈빛으로

바람은 손으로 쥘 수 없다
모든 게 사라질 허상이다
매일 부딪치는 뉴스의 범람 속에
쓰레기 너무 많아 숨 쉬기 괴로워라

다투어 움켜쥔 탐욕의 손들이
순간 절벽 아래로 추락하는
부러진 날개들 보면서

아, 없음이 있음인가
따뜻한 차를 나누며
비 그치니 하늘이 참 맑다고
유순한 눈빛으로 마주 웃는
작은 행복

별빛은 그곳에

오늘 밤 별빛이 떨고 있다
어딘가로 가고 있는
나도 떨고 있다

그 하루가
그 한해가
추억을 만들며 살아가는 길

스쳐 지나간 누군가의 얼굴도
목소리도 옷깃 냄새도
지금은 지나간 바람이다

그러나 세상은
내일도 빛날 것이다
사랑하는 사람들이 모여 사는
작은 마을

별빛은 그곳에 머문다

생성과 소멸

태양보다 더 밝은 별들도 있다지
그 별도 목숨 다 하여 산산조각 부서져
블랙홀로 사라진다지

광막한 우주에 눈감고 의기 뻗치던 생
막무가내 달려가던 길에서

이제 알겠네
생성과 소멸의 이치를
언젠가는 사라지는 것임을
모랫벌에 그리운 이름 써보며
가슴 먹먹해지네

제2부

비밀의 숲

– 자연 속으로 · 1

나는 파도의 옷자락을 끌고
이 숲으로 왔다
변화를 기다리는 생명들이 있었다
바위조차 숨죽이고 기다렸다

푸른 잎새들 이마에
천국의 새들이 모여들고
들꽃을 피우려고 비를 기다리던 산자락에
바다가 입을 맞춘다

겹겹 옷 입은 산 황홀하여라
비밀의 숲은
깊이를 알 수 없는 안개 속에서
어린 나무들과
키 큰 나무들의 숨소리에
저 소리꾼의 진양조 가락이 울린다

눈부셔라

언제나 새롭게 태어나면서
아침햇살에 비늘 번득이는 바다처럼
산은 살아 있다 청렬하고 푸근하다

신神이 만든 숲이다 나를 끌어안는다
나는 영혼의 긴 그림자를 끌고
천천히 걸어간다

생명의 얼굴
– 자연 속으로 · 2

오랜만에 옛 숲을 찾아왔다
보이지 않는 그 무엇이
곳곳에서 변하고
다시 태어나면서
나를 사로잡는다

바위는 그 자리에 그대로인데
새삼 눈부시게
바위에 떨어지는 빛

세월은 모든 것을 품고 가면서
마음 깊숙이 들어앉았던
추억의 자락들을 일으켜세운다

나이는 지울 수 없는 것
너와 나 문득 손을 맞잡고
나뭇잎 하나 하나
풀꽃 하나 하나
사랑스런 생명의 얼굴이다.

이슬방울

– 자연 속으로 · 3

새벽의 선물이다
나뭇잎에 매달린 영롱한 이슬방울
이렇듯 고운 자태 촉촉한 숨결
가슴에 젖어든다

돌아온 길목에서 처음 만난 듯
그동안 너무 먼 곳을 바라보며
나 예까지 왔네

작고도 큰 우주
한결같은 그대를 두고

물방울 하나의 기적
– 자연 속으로 · 4

어느 시대
어느 역사의 소용돌이에서
푸르른 나뭇잎에 떨어진
물방울 하나

만나고
만나고
만나고

너와 나
더불어 흐르는 큰물이 되어
마침내 이르른
낭떠러지에서

후회 없이 눈감고 투신하는
폭포
그 대담한 물줄기
그 아름다운 포말의
투혼 !

저 산처럼
– 자연 속으로 · 5

고요로워라
잠든 듯 말이 없는 산
그 안에 품어 키우는 세상은
참으로 놀라워라

말없이 솟구친 산
너무 크고
너무 깊어

산 속의 겹겹 산
고행하는 수행자 되어
어여쁜 미물들까지 보듬어 주고
조각무늬로 이어지는 우리들의 삶도
서로를 부축이며 가자 이른다

이제 날카로운 겨울옷 벗고
흐르는 계곡물에
어제의 아픔 흘려보내고

뜨겁게 빛나는 산처럼

이 봄날

힘 있게 일어서라 한다

작은 행복
– 자연 속으로 · 6

처음으로 눈을 뜬 꽃이든 애벌레든
빛 부신 세상 밖으로 나올 때
햇살은 조심조심 사랑의 손길 얹는다

생명은 참으로 소중하여라
지구 한쪽에선
여전히 피 흘리는 전쟁이 있고
불붙은 재난과 다툼이 있고
병든 이 가난한 이
외롭게 누워 있어도

우주를 가로질러 온
방글거리는 아기들
향기로운 흙 헤치고 나온
연한 풀잎들까지

어머니 위대한 자연의 햇살 속에
초록의 소슬한 바람 속에
작은 행복이 너를 키운다

말씀의 비를 맞으며
–자연 속으로 · 7

세상은 고요하고
나 혼자 빈 들에 서 있네
누구에겐가 할 말이 있었지만
후회의 칼날이 스치고
심장을 찌르는 아픔뿐이다

〈사람아 너는 흙이니
흙으로 돌아갈 것을 생각하라〉
성회례* 일 사제가
성스러운 재로 이마를 찍을 때
메아리지는 말씀의 비를 맞으며
비장한 침묵이다

화의죽정花意竹情
꽃처럼 어여쁘게
대나무처럼 의기롭게 살고 싶었건만
산 같은 후회의 시간

*聖灰禮 : 사순시기 첫 수요일 지난해에 축성한 성지聖枝를 태운 재를 사제가 신자의 머리와 이마에 무쳐 세속의 헛됨과 죽음을 상기시켜 죄의 보속을 북돋는 가톨릭 예절행사.

슬픔에 대하여

-자연 속으로 · 8

아무도 나에게 말하지 않았다
아픔보다 더 깊은 게 슬픔이란 걸
세월의 이끼 같은 슬픔이 그리움이란 걸

아득히 높은 산
바위 위에 홀로 피어
한여름 분홍 꽃망울 터져
그 향기 백리길 번져 간다는
이름도 서러운 백리향百里香처럼

그렇게 먼 세상
슬픔에 대하여
아무도 나에게 말하지 않았다

떠난다는 것

–자연 속으로 · 9

그대 떠나간 날
세상은 고요하고
달빛도 들어오지 않았다

밤은 깊어가는데
공허한 어둠을 지키고 있었다
두려움은 없었다
우리 사이에 푸른 강물 출렁이고
찬바람이 나를 쓰러뜨렸다

잠시 흔들렸다
보이지 않는 깊은 곳에서
그대의 뒷모습이 보였다

나는 지금 울고 있는가?
이렇게 떠나가고
이렇게 보내는 건가?

자연과의 화해

–자연 속으로 · 10

자연이 화가 났는가
그렇게 여유롭던 삶의 터전에
쓰나미 지진 산사태 대홍수
잇따라 휘몰아친 태풍
살아 있음을 질투하듯 몸부림치누나

왜, 무엇 때문에라고 묻지 말자
일산화탄소 과다배출 지구온난화
우리의 산소보고酸素寶庫인
숲 마구 훼손한 죄

인간이 자연을 화나게 했음을 회개하자
우리 손을 잡자 지구라는 행성에서
이렇게 함께 가야 할 길이기에

참 아름답다 한국의 산

–자연 속으로 · 11

온산이 초록으로 물들어 싱그럽다
날마다 새아침으로 깨어나는
저 산자락에
오케스트라 연주가 시작된다

바람은 숲을 가로질러 달리고
소리치며 날아오르는 새들이
미래의 하늘을 연다
계곡으로 쏟아지는 폭포 그 어깨에
황홀하여라 황금색 깃을 펼치는
자연의 헌신

별빛 받아 윤기 흐르는 밤이면
부드럽게 잉태되는 생명
온갖 미물이 숨 쉬고
문화의 꽃이 피고
결곡한 인간의 길도 이곳에서 열려
무한한 그 품에서

봄 여름

가을 겨울

건강하게 살아 있는 한국의 산

참 아름답다

제3부

인생길

오를 때 손 잡아주더니
내려올 때
언덕길 나 혼자이네

바람은 차고
사방이 고요하다

뒤를 돌아보며

가도 가도 끝이 없는
추억의 돌담길

그때 그곳에 있었던
젊은 날의 나
어디로 갔나

굴레의 끝을
조심스레 더듬어가며
뒤를 돌아보며

풀꽃

시간은 흘러가는 물이요
산은 쌓인 세월이니

세월은 저 혼자 쌓이고 쌓여
큰 산 되고

나는 그 그늘에
조그맣게 피어 있는
풀꽃 하나

느낌 하나

깊고 푸른 밤
새벽 창문에 어리는
아주 작은 흔들림

은은히 빛나는 느낌 하나
이슬 한 방울

이 설레임
우주를 품다

가정

기다리고 있었다

아무리 먼 길 돌아서 와도
손잡고 기도하는 이 시간
우리 가족

생명 이끄는 보이지 않는 힘이다
고된 걸음 딛고 힘써 가꾸는 꽃밭
새벽이 몰고 오는
청정한 아침을 맞는다

아기의 웃음소리

봄빛은 눈부신 목련꽃으로 피어나고
우리 집 기쁨은 까르르 아기 웃음소리에서

소중한 우리 아기 어여쁜 사랑
너로 하여 온 우주가 펼쳐지네

인연

팔천 겁 부모와의 인연
칠천 겁 부부의 인연

이 불꽃의 인연

질기고 귀한 인연의 끈이
툭 끊어지기도 하는
무서운 세상

일순간

저기 저 구름
저기 저 새 떼
흐르면서 그리는 그림이다
허공에 내 눈길 끌어간
순간의 그림

어떤 그림

한여름
긴 낮
느슨하게 풀린 옷고름

순하게 누워 있는
저 산등성이도 낮잠 든 듯
나무들 그림자도 고요하다

평화롭다

휴식

짙은 새벽안개
폭설에 잠긴 공항
눈을 감고 있다

날개를 접고
줄 지어 서 있는 항공기들

하느님이 휴식을 주셨다
종종걸음 뛰는 이들에게
세계를 날아다니는 항공기들에게

바람의 장난

밤사이 젖은 가지를
손가락 끝으로 퉁겨보았다

도사림의 몸짓이 아직
풀리지 않은 계절 안에 갇혀 있었다

간지럼 입김으로
매운 채찍으로
희롱하는 바람결

이 아침 푸른 옷자락의
바람의 장난을 볼 수 있었다
꽃샘바람

제4부

첫사랑 참꽃

어여뻐라 순이라 부르고 싶은
진달래 꽃구름
연분홍 치맛자락 바람에 날리다
가까이 다가가면
서투른 첫사랑처럼
볼 붉히며 돌아서는 참꽃이었지
이른 봄 너를 만난다
여린 꽃잎에 묻어 있는
속 깊은 그리움
한송이 따서 입에 품다

석굴암 큰 부처

흙을 빗듯 돌을 만져
비단결 살빛 부드럽게 흐르고
천년 눈부신 저 미소
깊은 생각에 잠긴 저 손

새벽 첫 햇살 이마에 꽂히면
안으로 울리는 속 깊은 소리

두려워라 석굴암 큰 부처
이렇듯 가까이서
아득한 세월을 보게 하네

가슴속 화석化石이

시간의 안개 속에
내 가슴 속 화석을 만지다
만년빙萬年氷 녹듯이
화석이 녹는 소리가 들린다
잠들어있어도 들려오는
조금씩 조금씩 녹아내리는 그 소리
결코 사라질 것 같지 않던
아픔의 뼈가
후회의 가시가
이제 말없이 녹아내려
눈물로 흐르는 소리

스마트폰

깜빡 집에 두고 나왔다
충직한 비서 스마트폰
오늘 하루는 모든 연락두절!
빈 들에 혼자이다 막막하다

문득 나를 찾았다
잇따라 울릴 벨소리에서
비로소 자유로워진 나
혼자 걸어가는 발걸음이
참 가볍다

뱃길

이 배로

어디까지

갈 수 있을까

바람이 밀어주는

그곳은 어디인가

흔들리는 뱃전에 기대앉아

옷깃 적시는 파도의 손길을 느낀다

모든 것이 어느 먼 세상처럼 아득한 날

햇살이 파도에 부딪혀 부서져 흩어지고

눈이 부시다

눈물이 난다

따뜻한 밥

농부의 땀 배인 쌀알들
투박한 손에 가득한
축복의 보석이네
사랑으로 지은 따뜻한 밥
부드러운 밥 냄새에
훈기 도는 세상

꿈꾸는 장미

부서지는 여름 햇살에

혼자서 눈뜨는 장미

흘러내린 머리칼

파도치는 가슴

사라지는 별처럼

새 떼가 멀리 멀리 날아갔다

꿈결 안개 속

사유思惟의 기슭에

이 여름 다시 깨어나는

꿈꾸는 장미

공양供養

숲 속을 걸었다
울창한 나무들 사이에
쓰러져 누운 고목枯木이 있었다
흰 개미들이 모여들었다
부서져 나가는 몸
아, 이렇게 누군가를 위해
나를 바친다면
나를 버려 다시 살아난다면

눈부신 봄빛

바람이 노래를 빚고
햇살이 생명을 일으킨다

얼음장 밑으로 흐르는 시냇물에서
흙더미 헤집고 나오는 지상에서
꿈틀 꿈틀 만물이 눈떠
다시 살아나는 계절

물에 던져진 빛이
존재의 실상을 끌어올려준다
이 눈부신 봄빛이
희망의 별이다

미래의 언덕이 보인다

고요한 새벽
은회색 노래가 다가오는 시간
오늘도 어김없이 해가 떠오르고
지구를 돌게 하는 힘
몇 세기를 달려온 바람이
칼날 되어 다가서도
정녕 살아 있음을 감사하며
꿈꾸는 가슴으로 눈부셔 하며
사랑할 수밖에 없는 그대와 함께
힘 있게 일어선다
미래의 언덕이 보인다

■해설■

抒情, 自然에서 神을 노래하다

– 김후란의 시세계

김주연(문학평론가, 숙대 명예교수)

시력 반세기를 훨씬 넘는 시간, 한결같이 단아한 모습으로 시를 일궈온 김후란의 시는, 말의 정확한 의미에서의 서정시라고 할 수 있다. 혹은 이 시인과 더불어 혼란 속에서도 꾸준히 서정시가 지속되어 올 수 있었다고 말할 수 있다.

서정시에 대한 다소간의 논란이 최근 일어난 일이 있지만 그 어떤 논의도 결국 서정시가 시의 본류라는 것을 끊임없이 확인시켜주는 행위이며, 서정시에 대한 관심과 사랑의 소중함을 환기시켜주는 일이었다.

이런 과정을 거치면서 이른바 포스트모던 문화 속에서 전복적 해체시의 격랑을 타고 생명의 요람으로서 서정시는 그 아름답고 오롯한 모습을 지켜낸다. 그 솟아오른 줄기의 한 정점에 김후란의 시가 있다. 이처럼 자연과 함께

가는, 또 반드시 함께 가야하는 서정시의 본질에 김후란의 시는 철저하게 밀착해 있다.

> 나는 파도의 옷자락을 끌고
>
> 이 숲으로 왔다
>
> —「비밀의 숲」 앞부분

파도는 자연이다. 자연의 거대한 샘이다. 파도를 노래한 시인은 많지만, 파도가 단순한 낭만적 표상만은 아니다. 일찍이 창조주가 수면 위를 운행하였다거나(「창세기」 1:2), 물 가운데 궁창이 있어 물과 물로 나뉘어졌다는(「창세기」 1:6, 7) 기록은 세계가 태초에 바닷물에서 시작되었음을 보여준다. 파도, 즉 바다 아닌가. 이러한 진리는 신을 뒤엎어버림으로써 이른바 '현대'의 원조가 된 니체나 그의 충실한 후예 G. 벤에 의해서도 파도는 원초적인 세계의 힘으로 인식된다. 가령 다음과 같은 시.

> 밤의 파도 - 바다양과 돌고래
>
> 가볍게 움직이는 히야신스의 짐을 지고
>
> 장미 월계수와 트라배어틴이
>
> 텅빈 이스트리아 궁전 둘레를 감돈다

「밤의 파도」라는 G.벤의 시 첫 연이다. 낯선 이미지들 때문에 다소 난해한 인상의 이 시는 G.벤 특유의 '절대시'를 보여주는 전형으로 흔히 거론되는데, 여기서도 파도가 힘의 원천임을, 즉 창조의 첫 단계임을 보여준다. 파도는 자연의 출발지인 것이다. 김후란이 '나는 파도의 옷자락을 끌고 / 이 숲으로 왔다'고 그의 〈자연 속으로〉 연작시를 시작하고 있음은, 따라서 예사롭지 않은 일로 보인다. '파도의 옷자락'이란 우주생성의 단초인데, 시인은 그것을 만지고, 이끌고 있는 것이다. 어디로? '숲으로 왔다'고 그는 적는다. 파도라는 원초적 자연을 다음 단계의 자연이라고 할 수 있는 숲으로 이끌고 온 것이다. 시는 계속해서 발전한다.

> 변화를 기다리는 생명들이 있었다
> 바위조차 숨죽이고 기다렸다

〈자연 속으로 1〉이란 부제를 달고 있는 「비밀의 숲」 다음 부분이다. 앞의 인용과 더불어 4행으로 구성된 이 시의 첫 연은, 전통적 서정시와 포스트모던 계열의 해체시들을 반세기 동안 두루 훑어온 나에게 놀라운 철학과 감동으로 부딪힌다. 무슨 말인가. 서정성의 깊은 의미를 보여주는 전형과 같은 시의 울림을 보여준다는 뜻이다.

이러한 언급에서 주목되어야 할 부분은 '깊은' 즉 깊이이다. 그럴 것이 서정, 혹은 서정성은 우리 시에서 아주 자주 단순한 자연예찬이거나 자연에 대한 정서적 동화라는 의미로만 읽힌 경우가 대부분이기 때문이다. 이럴 때 그 서정시를 쓴 시인은 사물에 대한 깊은 관찰, 시의 대상에 대한 깊이 있는 인식 대신 자연의 피상에 대한 인상을 감상적으로 기술하거나, 자기 자신의 감정적인 정서를 자연에 빗대어 토로하기 일쑤다. 자연의 의미에 대한 깊이 있는 인식은 당연히 여기서 수행될 수 없다. 서정시에 대한 인상이 일반적으로 '안이한 것'으로 비추어지는 까닭도 이와 연관된다.

파도의 옷자락을 끌고 숲으로 온 시인의 손길에는 자연에 홀리고 반한 그의 본능적인 사랑이 우선 숨어 있다. 그 사랑은 옷자락이 말해주듯 섬섬옥수의 관능성만은 아니다. 그 손길은 따뜻한 어머니의 맹목이지만, 동시에 헌 양말에 전구를 넣어 꿰매는 공작인의 사랑에 가깝다. 어머니의 사랑은 그처럼 생명의 원천이면서도 누더기가 된 삶의 현장을 늘 꿰매어가는 보수작업의 인부를 닮아 있다. 이 시인도 마치 그 어머니의 마음과 손으로 '파도의 옷자락'을 끌고 숲으로 온 것이다. 그렇다면 왜 숲인가.

시인의 통찰력은 여기서 놀랍게 빛난다. '숲'에는 '변화를 기다리는 생명들이 있었다.' 숲도 생명이지만, 그 숲은 원천으로서의 힘- 생명의 고향을 기다리고 있었다. 바위조차 숨죽이고 기다리고 있었다고 하지 않는가. 이 간단한 변화와 기다림의 과정은, 그러나 거대한 생명 생성의 과정을 함축하면서 그 사이에 개입하는 시인의 자리를 보여준다.

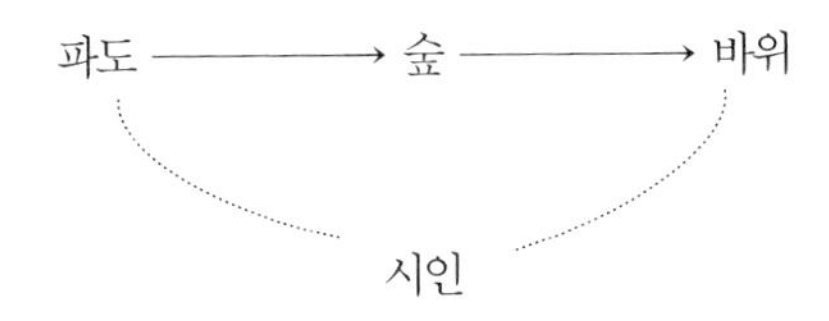

시인은 말하자면 신이 창조한 생명을 위탁받아 거기에 변주를 가하는 공작인으로서 그 생명을 다양화하고, 인간적인 눈높이로 변화시킴으로써 생명의 현재화를 돕는다. 시인은 그러므로 신의 뜻에 충실하면서도 인간의 사정을 헤아리는 매개자로서 기능한다. 「비밀의 숲 -자연 속으로・1」은 이런 의미에서 한국시에 유례없는 아름다운 신성과 인간성을 동시에 구현한다. 시는 계속된다.

> 푸른 잎새들 이마에
> 천국의 새들이 모어들고

들꽃을 피우려고 비를 기다리던 산자락에

바다가 입을 맞춘다

—「자연 속으로 · 1」

처음 3행은 숲속의 세계, 즉 인간적 신성(파도가 신적 신성이라면, 상대적으로 숲은 그 이후 변모된, 혹은 시인이 개입하였다는 의미에서 그렇다)의 세계이며 제4행은 원래의 신성과 함께 만나는 세계이다. 푸른 잎새들은 숲의 나라에 편재하는 구체적인 집들인데, 거기에 신의 입김이 '천국의 새들' 모습이 되어 서식한다. 들꽃을 피우기 위해서도 하늘의 비가 필요한데, 시인은 그 산자락에 바다를 끌어다가 입을 맞추게 한다. 시인은 정녕 바다와 파도를 숲과 산으로 끌어오는 자, 신의 계시자인가. 보다 종교적인 표현을 사용한다면 일종의 성령 아닌가. 그리하여 그 기운을 덧입은 자연은 아연 생명감으로 충일한 모습이 되어 출렁거린다.

겹겹 옷 입은 산 황홀하여라

비밀의 숲은

깊이를 알 수 없는 안개 속에서

어린 나무들과

키 큰 나무들의 숨소리에

저 소리꾼의 진양조 가락이 울린다

눈부셔라
언제나 새롭게 태어나면서
아침햇살에 비늘 번득이는 바다처럼
산은 살아 있다 청렬하고 푸근하다

신이 만든 숲이다 나를 끌어안는다
나는 영혼의 긴 그림자를 끌고
천천히 걸어간다

– 「자연 속으로 · 1」

마침내 산은 '아침 햇살에 비늘 번득이는 바다처럼' 살아 있다. 파도의 옷자락을 숲으로 끌고 온 시인의 공작으로 말미암아 산은 창조의 원천인 바다와 동일한 위상을 획득한다. 그럼으로써 산은 황홀하게 빛나고, 소리꾼의 가락으로 울릴 수 있으며, 눈부시게 새로 태어날 수 있다. '신이 만든 숲'이라는 시인의 천명이 아니라 하더라도, 숲이 신이 만든 작품이라는 것은 이제 자명해진다. 그러나 잊지 말자. 그 만듦의 계기에 시인이 있다는 사실을.

신이 만든 '숲'이 '나'를 끌어안는다는 진술에는 신이 시인을, 그리고 숲이 시인을 끌어안는다는 뜻과 함께 시인이 숲을 끌어안음으로써 신에게 다가가는 매개 작용의 진리가 숨어있는 것이다. 이 일을 끝마친 시인의 시적 자아를 드러내주고 있는 마지막 부분.

나는 영혼의 긴 그림자를 끌고
천천히 걸어간다.

흡사 영적인 고투를 벌이고 있는 파우스트를 만들어낸 괴테가 「나그네의 노래*Wandererslied*」를 통해 보여주는 달관이 연상된다. 그러나 괴테의 노래가 지적인 편력과 그 과정에서 함께 파생된 죄와의 싸움, 그로 인한 피로의 축적 끝에 토로된 휴식의 갈구였다면, 김후란의 그것은 신성과 인간성을 자연을 대상으로 매개시킨 자의 흐뭇함에 — 따른 여유와 여력의 분위기가 달관에도 불구하고 남아서 맴돈다는 특징을 지닌다.

생명은 영혼인데, 시인은 그 그림자를 길게, 그리고 천천히 끌고 걸어간다. '긴 그리고 천천히'의 미학 속에서 시인의 자연은 깊은 서정으로 용해된다.

최근작 〈-자연 속으로-〉 연작은 반세기 넘는 시간,

조용하고 잔잔한 서정의 올레길을 차분히 걸어온 시인으로서는, 한편으로는 자연, 다른 한편으로는 시인의 운명과 본질에 도전하는 역작이며 문제작이다. 연작 1, 2, 3 … 9에 이르는 9편의 작품들이 모두 이러한 문제의식을 한 줄로 꿰고 있는데, 앞서 살펴본 1에 이어서 다른 8편들도 이러한 논의를 심화 시킨다.

> 오랜만에 옛 숲을 찾아왔다
>
> 보이지 않는 그 무엇이
>
> 곳곳에서 변하고
>
> 다시 태어나면서
>
> 나를 사로잡는다
>
> —「생명의 얼굴-자연 속으로 · 2」 일부

> 고요로워라
>
> 잠든 듯 말이 없는 산
>
> 그 안에 품어 키우는 세상은
>
> 참으로 놀라워라
>
> —「저 산처럼 -자연 속으로 · 5」 일부

두 작품 모두 자연으로서의 숲, 그리고 산의 묘사인데, 그것들은 오직 묘사됨으로써 예찬 받는 대상으로서의 자연이 아니다. 숲과 산은 시인을 품고 세상을 키우는 위대하고 거룩한 자연이며, 시인과 합일을 이루면서 끊임없이 거듭나는 자연이다. 시인 G. 벤은 니체를 향하여 "아직도 자연에 무엇을 기대하는가?" 하면서 아주 조금 자연에 미련을 갖고 있었던 그를 힐난한 일이 있는데, 참으로 그는 자연의 이와 같은 숨은 힘을 보지 못하였던 것이다. 20세기 초라는 시대, 그리고 동서양 지역차가 주는 어긋남이라기에는 자연관의 본질이 사뭇 다르다. 김후란의 시는 무엇보다 자연과의 관계에서 시와 시인의 본질을 보고 있으며, 그것이 신성과 연결된다는 점에서 의미심장하다. 그럼으로써 그의 시는 서정의 지속이라는 측면 이상의 의미, 즉 마멸되어가는 생명의 회복이라는 점에서 서정의 시대적 소명 강화에 기여한다.

물론 이때 가장 중요한 것은 시인의 자리가 그 회복을 돕는 자로서 새롭게 부각된다는 사실이다. 이 일은 조금 거창하게 말한다면, 궁핍한 시대에 시인은 무엇을 할 수 있느냐고 애통해 했던 횔덜린의 18세기, 서정시의 진실성을 회의했던 아도르노의 20세기에 대한 응답으로서 충분한 가능성을 던진다. 니체 이후, 더 멀리는 횔덜린 이후 끊임없이 절망의 포즈를 양산해 온 현대시가 결국 신성의 와해에 대한 애통함 — 아쉬움이었다면, 이제 원초의 자연이 품고 있는 가능성의 기본에 대한 철저한 인식은 역

시 시인의 손길에 의해서 이루어질 수 있을 것이다. 그 차분한 출발점에 김후란의 시가 있다.

평생에 걸쳐 엄청난 시력을 쌓은 원로시인의 자리를 출발점에 놓는 일은 다소 어색해 보일지 모른다. 실제로 시인은 『장도와 장미』 『음계』 『어떤 파도』 『눈의 나라 시민이 되어』 『숲이 이야기를 시작하는 이 시각에』 『서울의 새벽』 『우수의 바람』 『세종대왕』 『시인의 가슴에 심은 나무는』 『따뜻한 가족』 『새벽, 창을 열다』 등 11권의 시집과 『오늘을 위한 노래』 『노트북 연서』 등의 시선집을 갖고 있는데 이들은 한결같은 시세계 안에서도 확실한 발전, 성숙을 보여주고 있다. 거꾸로 말하자면 오늘의 〈-자연 속으로-〉 연작은 60년 가까운 그의 시 작업이 성취한 성과로서, 지금까지의 시력은 이러한 성취를 향해 익혀온 하나하나의 밀알들이라고 할 수 있다.

그리고 이제 그 성취는 생명을 살려내는 시인이라는, 시인의 새로운 21세기적 사명을 일으키는 출발점이 되고 있는 것이다. 사실 김후란의 최근 시의 이러한 성격은 1990년에 발간된 시집 『숲이 이야기를 시작하는 이 시각에』를 기점으로 한 후기시 이후 서서히 특징화되고 있다. 이 부분을 『따뜻한 가족』(2008) 『새벽, 창을 열다』(2012)를 중심으로 되돌려 살펴본다면,

그 섬은 어디에 있을까
파도의 옷자락 날리며
물보라 일으키며
잠길 듯 잠길 듯 바다를 헤쳐 간

수천 개 수만 개의 거울이
햇빛에 부서지고
다시 눈부시게 일어서는
파도에 밀리며

그 섬은
아무도 가보지 않은
먼 바다 어디에 있을까

—「그 섬은 어디에 있을까」 전문

파도의 옷자락을 시인은 즐겨 사용하는데 어감이 주는 신선함과 소박한 수사 이상으로, 그것이 깊은 뜻과 연관된다는 점은 앞서 살펴본 대로다. 과연 '파도의 옷자락'은 움직이는 생명의 가장 부드러우면서 날카로운 표징이다. 여기서는 그 파도의 옷자락이 스스로 물보라를 일으키면서 바다를 헤쳐 간다.

최근작에서 시인에 의해 숲으로 끌려간 그 옷자락이 그에 앞서서 먼저 생명의 율동을 보여 준 것이다. 그 율동을 시인은 수천 개의 수만 개의 거울이 햇빛에 부서지는 것으로 묘사한다. 율동이 만들어내는 빛! 생명은 곧 빛 아닌가. 빛의 생산을 거듭하는 파도를 보면서 이윽고 시인은 '그 섬은 어디에 있을까' 궁금해 하고 그리워한다. 신성으로서의 생명을 땅, 곧 인간성과 연결 짓고 싶어 하는 시인의 인간화 갈망이 서서히 태동하는 대목이다.

말하자면 이 시절 시인은 단순한 자연 묘사 단계를 훨씬 넘어서 바다 / 파도에 내재한 신성을 느끼면서 그 인간적 접점의 현장으로서 아직 '아무도 가보지 않은' 섬을 발견한다. 김후란의 자연이 지닌 깊이, 그리고 그것을 인격화하는 의미부여의 능력과 성격은 그 즈음 벌써 확연해지고 있는 것이다. 이보다 3년 뒤 2012년에 발간된 시집에는 다음과 같은 시가 실려 있다. 「한잔의 물―빈 의자 · 7」 뒷부분이다.

> 한 잔의 물 건네는 공양의 손길에
>
> 먼 바다 끝에 있는
>
> 작은 섬에 오르듯
>
> 비로소 빛 부신

그 분의 옷자락을 잡는다

경계를 허물고

지혜의 눈이 뜨인다

이 시에는 파도의 옷자락을 바라보며 아무도 가보지 않은 섬을 찾았던 시인이 드디어 그 섬에 오르는 장면이 등장한다. 물론 이 장면은 일종의 환유로 나타남으로써 현실 자체는 아닌 듯하지만, '먼 바다 끝에 있는 / 작은 섬에 오르듯'이라는 묘사가 말하는 그 현실감은 상당하다.

시의 숨겨진 메시지는 그 다음, 즉 "비로소 빛 부신 그 분의 옷자락을 잡는다"에서 그 실체를 드러낸다. 그분이 누구인가. 최근작에 와서 분명해진 신 아닌가. 그러나 시인은 결코 '신'을 어디에서도 직접적으로 적시하지는 않는다. 오히려 '경계를 허물고 / 지혜의 눈이 뜨인다'는 부드럽고 겸손한 표현을 통해 신과 인간의 도식적인 이원화를 슬며시 비켜가면서 그 경계에 '작은 섬'이 있음을 넌지시 내보여준다.

작은 섬이란 사람이 거의 살고 있지 않은 바다나 다름없는 한 점 뭍이 아니겠는가. 바다와 뭍은 작은 섬에서 만나고 그것은 신과 사람의 만나는 지점으로 상징화된다. 김후란 시의 의미구조는 이런 과정을 통해 조용히, 그러면서도 착실하게 성숙해 온 것이다. 「한 잔의 물」에서 또

한 가지 주목되어야 할 점이 있다. 그것은 제목 그대로 한잔의 물이다. 다시 읽는다.

바람에 휘둘려 숨 가쁘던 생
한 잔의 물 건네는 공양의 손길에

시인은 우리 세속의 생이란 '바람에 휘둘리는 것'으로 생각한다. 흔한 표현 같지만, 거기에 간결하게 압축된 삶의 요체가 있다. 이런 세속에서, 어찌 보면 깊고 높기 짝이 없어 보이는 신의 세계에 어떻게 도달할 것인가. 시에서 그것은 자칫 형이상학적 췌사나 관념적 조작을 통해 거론되기 십상이며, 실제로 국내외의 시에서 이런 분위기의 관념시 혹은 변신론적인 형이상의 시들을 보기 쉽다.

그러나 김후란의 시는 다만 '한잔의 물'을 통해 인간의 구체적인 헌신이 신에 이르는 길임을 암시할 뿐이다. 고즈넉한 구체성의 그림자 안에서 김후란이 보여주는 신성의 그림이 작은 파동으로 너울거린다. 이 시인에게서 '한잔의 물을 건네는 공양의 손길'과 '파도의 옷자락' 그리고 '먼 바다 끝에 있는 작은 섬'은 모두 동일한 범주에서 어울리는 신이자 동시에 인간이다. 그리고 바로 그것이 시다. 그 일체화의 그림 속으로 걸어 들어가는 이는 행복하다. 나도 그렇다.

* 이 글은 근작 『따뜻한 가족』(2009) 『새벽, 창을 열다』(2012) 『노트북 연서』(2012) 그리고 최근의 연작시 〈자연 속으로〉를 중심으로 이루어졌다.